KB133337

바다가 우려낸 작은 풍경들

한결하늘

서문

낙서를 꿰며

완도는 쪽빛의 고향이다. 햇살이 비껴갈 즈음 쪽빛들이 본토배기 거드름을 피우다가 서로의 몸에 바람을 던져댄다.

우연찮게 왔던 곳에서 돌아갈 길을 잊기로 했다. 심해지던 환절기 비염이 조금씩 잦아드는 봄날, 단지 거쳐 가는 이방인의 옷을 벗어 걸어두고, 비로소 정박의 꿈을 생각하게 된 것이다. 그래서 이곳까지 오게 된 이유를 생각지 말기로 했다. 그 이유가 아무것도 아닌 것이 되고나자 완도는 '아무것도'를 넘는 그 무엇이 되어주었다.

아직껏 한번도 이방인의 삶을 벗어나 본 적이 없었다. 지금 이곳에서도 여전히 이방인의 행색을 벗어날 수는 없다. 그렇지만 이곳에서 밀려나거나 벗어날 생각도 없다. 설령 이방인의 행색으로 살아야 한다더라도 그냥 버티어낼 생각이다.

그러다 보면, 나에게도 쪽빛이 튀기지 않을까? 조금씩 조금씩 튀긴 쪽빛에 물들어 나도 본토배기들처럼 거드름을 피우게 될지도 모르지 않는가… 그러다가 나의 그리움이 쪽빛에 스며들어 나도 쪽빛이 될지도 모르는 일.

바다가 쪽빛으로 탄다. 쪽배가 흘러 들어온다. 배는 와서 정박하고 나는 정박하는 배를 지켜본다, 그냥.

그냥, 한없이 내가 가벼워지고 결국 그 가벼운 것마저 다 사그라들고나면 그 때 혹여나 이곳에서 본토배기인 내가 풀처럼 자라고 있을지도 모르기에 그냥 서 있다. 어떤 씨앗 하나 있어 아직은 섬인 이곳에 나를 끌어들인 이유인지도 모른다.

나를 끌어들인 그 씨앗과 이런 넋두리를 도와준 사람들에게 고마움을 전한다. 또한 나를 오랫동안 기다려준, 아무 까닭없이 앞으로도 기다려 줄 것만 같은 사람들에게 미안함과 고마움을 전한다. 특히 낙서에 용기를 첨가시켜 준 유동걸 선생님에게 무한 고마움을 전한다.

12월의 응고된 쪽빛 아래서

우리 곁에 있는 성률이

어느 날 그가 왔다.

바람처럼 우리 곁으로 왔다.

어느 풍편에 여수에서 이상한 놈이 한 명 온다고 귀가 앵앵거렸는데 정말로 와버렸다.

그리고 풀어졌다. 완도 한가운데 저 혼자 잘난 듯이 홀로 서있는 상왕봉을 뒤로하고 온 사방이 물인 이곳에서 물처럼 풀어졌다. 아마도 바다는 물을 가려서 받지 않는다는 믿음이 그를 풀어지게 한 것일 거였다.

얼마 지나서 산문시 한 편을 보여줬다. 본인은 아니라지만 영락없는 산문시였다. 말을 이리저리 잘도 엮은, 그야말로 산문정신이 투철한 것이었다.

그리고 거기서 비린내를 맡았다.

비오는 날이면 바다로부터 밀려오는 갯비린내가 그의 시에서 느껴졌다. 파도의 결마다 다르게 빛을 반사해서 여러 색깔로 보이는 것처럼 결마다 다른 냄새가 올라왔다. 그래서 때로는 완도를 초록으로 에워싸기도 하고, 생선이든 사람이든 삐득삐득 말라가서 속이 타들어 가는 시커먼 색으로 덧칠하기도 하고, 가을색으로 쓸쓸하게 한해가 감을 아쉬워하기도 한다.

하지만 그의 시에 나타난 여러 빛깔과 꽃들과 풍경들은 겉으로 한 꺼풀 벗기고 보면 뚜렷하게 보이는 게 있으니 그리움이다. 빈집에서 서성이며 집주인을, 루이뷔똥 장지갑을 따라간 부처의 원시성을, 붉은 눈물로 뚝뚝 떨어진 동백나무 아래에 서서 "낙엽지는 들길에 홀로 서 본 사람은 안다/ 생기잃은 것들의 무너진 어깨가/ 바람에게 뜯기고 있는 것을………", 자유를, 오월 광주를 사무치게 그리워한다.

그런데 그는 이제 적당히 그리워하려 한다. 그의 시에 "이제 바라본다/ 이전에는 없던 길/ 눈길을 주니 길이 났다/ 너, 거기 있었구나" 이렇듯 나타난 길을 보아서일까? 아니면 삐득삐득 말라서 더 이상 갈 곳을 그리워하지 않는 것일까?

그래도 김성률이 완도에 있는 것이 즐겁다. 조금 더 물처럼 풀어져 갯벌 속에 녹아들고, 말라가는 생선이 우리 뱃속에서 소화가 되어 똥이 되어 나올 때까지 천착할 것을 알기에 그렇다. 특히 노는 것을 좋아하는 그이기에 놀며 쉬며 갈 것이다.

배철지 시인

민들레와 더불어 버티는

완도 그 섬에는 김성률 동지의 '삐득삐득한' 그리움으로 가득하것다. 그가 뿌린 그리움으로 그을린 바다에 꺼억꺼억 붉은 해조음 길어올리는 성률의 낙조가 태어났으리라.

수평선에서 나고 자라 수평선으로 몸을 숨긴 사람. 김성률을 애타게 나는 그리워한다. 거리의 붉은 깃발 휘날리며 내달렸던 장작불같은 정열이 완도 바다에 그리움으로 안착하여 진득한 잉걸불로 이글거리고 있음을 나는 본다. 아직도 애타게 단심가를 부르고 있는 그를 와락 부둥켜안고 사랑한다고 말하고 싶다. 후미지고 사라져가는 것들에 머무르는 그의 따스하고 촉촉한 시선이 무척이나 고맙다.

시대정신을 부여안고 현장에서 크고 작은 실천으로

정면돌파하는 사람, 사람 속으로 파고드는 그리운 사람, 김성률의 가슴 속에서 피어나는 눈물과 사랑의 꽃을 나는 예찬한다. 동시대의 설움과 갈망을 가없는 생명으로 부활시켜내는 그는 천상 애틋한 자유인.

허영과 탐욕을 붉은 결단으로 징치하는 단호한 일갈에 작은 섬 완도가, 일망무제 난바다가, 아니 찌든 세속이 부르르 몸을 떤다. 손바닥만한 크기로 허용된 안빈낙도의 삶을 지키기 위해서라도 더 거세차게 맞서겠다는 그의 민들레같은 저항은 그래서 눈물겹게 아름답다. 이번에 오는 봄은 다리 몽댕이라도 부러뜨려 기필코 혁명 비스무리하게라도 붙잡아두려는 몸짓이 참으로 처연하다.

그의 절창이 일상의 낭만과 혁명의 이름으로 오래도록 기억되어야 하는 이유다.

어느 왁자한 남창 장날 호젓하게 그를 만나 막걸리 한 잔 마실 수 있는 날을 고대한다.

2017. 11. 18.

법외노조철회 단식 투쟁 16일 경과 후

녹색병원 6222 호실

전교조 위원장 조창익 씀

목차

바다의 색깔

· 16 가을도 익는다
· 18 완도에서는
· 20 이슬
· 21 바라봐야 길이 있다
· 22 수평선
· 23 완도 오일장
· 24 완도바다
· 26 해무
· 28 군외의 저녁
· 30 완도는 섬이다
· 32 원동 바닷가에서
· 34 적당한 이야기
· 36 너와 나 사이
· 38 완도의 하루
· 40 시골마을 버스정류소
· 42 연필심을 다듬으며
· 44 6월의 완도

완도, 애가 닳고

· 46 꽃눈
· 47 달맞이 꽃
· 48 오늘같은 봄날
· 50 꽃샘추위
· 52 달
· 53 비오는 날
· 54 쪽빛 하늘
· 56 기다림 2
· 58 목련꽃 그늘 아래서
· 60 큰개불알풀
· 61 남천
· 62 외로움에 대하여
· 64 설경 속에서
· 66 인동초 1
· 67 인동초 2
· 68 뱀딸기
· 69 두근두근
· 70 봄을 대하는 태도
· 72 새싹
· 74 3월의 눈
· 75 꽃
· 76 꽃전
· 78 꽃망울

목차

섬의 그리움

· 80 개밥바라기
· 82 봄, 낡은 것들에게
· 83 가을의 벚꽃
· 84 그대 오는 길
· 86 가을을 보내다
· 88 자유
· 90 가을이 마음을 다쳤다길래
· 92 빈집
· 94 동백 - 공즉시색 -
· 96 괜시리 동백에게
· 97 동백 - 낙화1
· 98 동백 - 낙화 2
· 100 또 하루
· 102 봄날 실개천
· 103 입춘 아침
· 104 3월에 피는 꽃
· 106 동백
· 108 여명
· 110 겨울 바람
· 112 꽃 피었다고

고마워서 슬픈

· 114 밥
· 116 홀씨
· 117 바람
· 118 형용사
· 120 텃밭
· 122 고향
· 124 수국이 그려낸 풍경
· 125 오늘
· 126 빨래를 널며
· 128 텃밭에서
· 130 봄처럼 늙어도 좋겠습니다
· 132 눈이 쌓인다
· 134 6월
· 136 쪽창

빛을 달이는 여수

· 138 나진의 아침
· 140 도깨비 시장
· 142 헌 시집을 사다
· 144 낙엽이 질 때
· 146 고목처럼 살면 되는 거다
· 148 9월의 여수
· 149 봄하늘
· 150 억새를 붙잡으며
· 152 환절기
· 154 손편지를 쓰고 싶습니다
· 156 바람이 심한 날, 나뭇가지
· 158 저녁 새에게 부침
· 160 썰물
· 162 기다림
· 164 희망도 쉴 수 있어
· 165 사이
· 166 겨울 별빛
· 168 고향 풍경
· 170 오동도
· 171 웅천에서

바다의 색깔

가을도 익는다

바람이 앞서 훑고 간 후
잎사귀 사이에 묻어있던 잔바람에
새들이 모여 포롱포롱 깃털을 씻는다
하늘은 헹군 다음 살짝만 짜도
파아란 물이 주르륵 흘러나올 듯하다
그리고 탈탈 털어내면
말갛게 튀어나올 듯한 그리움
광합성하듯 들녘에 스민다

너도 나처럼

광합성에 분주한 나무나 풀처럼
그리움에 그을리고 있겠다

완도에서는

완도에서
바람은 삐득삐득 소리를 낸다
배딴 고기들 햇볕을 바르다 뒤척이는 소리
섬이 파도 타는 소리
파도가 바람 타는 소리
갈매기마저 삐드득 삐득 흉내를 낸다
완도에서는

언제부턴가
더이상 갈 곳을 그리워하지 않는다

삐득삐득하게
말려지고 있는 나도

이슬

달을 보낸 달맞이꽃
논둑에서 졸린 아침을 얼러대는데
서둘러 밥을 짓는 홑총각네 엄니처럼
초록에 겨운 볏잎들
이슬 떠다 밥물을 맞추네

8월 내내 이슬 끓는 소리

배고픈 늙은 총각 기다리는 조반상

바라봐야 길이 있다

바라봐야 길이 난다
바라봐야 사람도
사랑도
갈 길이 보인다

귀를 열어야 소리가 들린다
가만히 귀기울이면
풀벌레 소리
앉을 자리를 다듬는 이슬소리
사랑, 네가 오는 발자국 소리

이제 바라본다
이전에는 없던 길
눈길을 주니 길이 났다
너, 거기 있었구나

수평선

그리움이 태어나는 곳
여전히 그리움이 자라는 곳

너라는 사람처럼

애가 타는 간격이여

완도 오일장

바람이 미처 거리를 쓸어내지도 못한 새벽녘
전라도 바닷가 말투가 질펀하게 자리를 펴는
장보고대로 안 쪽 규칙없는 장길에
허공의 거리를 활보하는
유행지난 탈속의 나뭇가지 끝
초인종처럼 박혀있는 감이란 열매는, 필시
욕심 따는 간짓대로도 어쩔 수 없는
하늘 건너편 소리대인지도 몰라
너무 높은 건 따지 말라는 간단한 깨달음
그래도 욕심이 닿지 않는 끝이란 없다며
간짓대 끝에 나부끼는 깃발이여
기필코 낙화의 길이 되리라던
채소전 짓밟힌 푸성귀 곁
분이할매 긴 숨결이 내려온 그림자들
그리고 무릎까지 차오른 뻘같은 삶
상왕봉 무등타는 전라도의 징한 황혼

완도바다

땅끝 그리움이 다리를 건너와 뱃고동을 뽑는 바다

머문 사람이 그리움을 선착장에 쌓는 동안
어부는 바다를 건져 배를 따서 덤장에 말린다

바다는 제 속을 삐득삐득 말려 물이 밀려난 뻘의
속내를 다진다

햇볕으로 간을 맞춰 바람을 듬뿍 바른다

바다가 꼬득꼬득 익어가는 오후, 완도는 다시 바다를
건지러 간다

해무

완도의 아침은
수증기 낀 거울 저 편에서 느릿느릿 걸어 나온다
바다는 밤을 잊지 못해
어부보다 서둘러 구름을 뭉친다
뭉쳐진 구름은 청산도 매봉산 나뭇가지에 걸어두고
신지 상산 위에서 투망으로 뿌려진다
때론 반나절을 그 뒤에서 꼼지락거리기도 하고
어떤 날은 후다닥 뛰쳐나와 동망산 기슭을 긁어대기도
한다
때때로 꼼지락거리고 사는 것도
어떤 날은 일찌감치 산기슭에서 게으른 아침을 맞는
것도
삶이란 지도를 펴보면
정자에 잠시 앉아보는 일이기도 할 터인데
연골이 닳은 모터를 돌리고
쉬고 싶은 바다마저 일으켜 등 떠밀고

군외의 저녁

…뻘…
허벅지 위까지 드러내는 남창과 군외 사이에서
너를 보는 저녁은 늘 떨린다
바람으로 펄럭이는 파도를 벗어 개어두고
고쟁이같은 바닥물마저 밀어내려 장좌리 발치에다
접어두고
살짝 비튼 알몸의 교태 위로
마실가는 게들이 저녁 담을 넘는다
불목리 기상대 옆에서
일기예보에 나오지 않는 노을을 태우다가
하마터면 해남하늘을 다 태울 뻔하였다
아직도 빗장을 걸어 잠근 채
받아주지 않는 내일을 부르며, 나는
꿈을 올려 고사상을 차려놓고
불이라도 싸질러 깨끗이 태워버리고픈
젊은 시간들과 어서 결별하고픈
실망에 젖은 내 청춘을 마중하러
원동으로 나선다
지국총 지국총 노를 젓던 썰물이

보길도 쯤이나 나갔을 법한 시간에
달도를 건널까 망설이다가
보았다
살오른 연정을 피워
저녁을 살짝 익혀 차려내는
완도가 섬이었던 많은 날들을
건너온 것은, 세 번이나 건축한 대교가 아니라
시간의 징검다리였음을
너의 마음 속에 여전히 섬으로 고립되어 있다는 것을

완도는 섬이다

울 땐 실컷 울어야 한다
꺼억꺽 목젖까지 차오는 울먹임도
더 울고나야 멈춘다는 것을
바람이 울고불고 난 후에야
파도가 그 결을 다듬었다는 것을
비로소 사람들도 웃었다는 것을
오래 전 꼬부라진 신작로길
달려본 사람은 안다
완도 사람들은 그래서 안다
애타던 사람들
하나 둘, 또 하나 둘
몇 번인가 되풀이하고 난 후
울고 또 울고 난 후
개운한 속을 보일 수 있을 때
바다가
완도를 초록으로 에워쌌다는 것을

원동 바닷가에서

원동에서는 바다가 강물처럼 흐른다
실상이야 어찌됐건 착각같은 교환이 섞여있는 것이다
그렇게 보면 바다가 섬의 틈새에 끼어있는 듯하기도
하고
사실을 따지기는 뭣하지만
섬이 바다에 낑겨 오도가도 못한다는 걸
질긴 숙명으로 새기고 살아오지 않았던가

나도 내가 잘나 보이듯
넌들 그렇지 않겠니 라고 잘난 머리로 생각하다가도
감히, 허허 네가 감히…
내 성질로 보면 저것이 바다지 뭔 강이라고
지랄들이랴 싶다
그런데도 네 말에 은근 관심을 갖는 건
미움이나 질투 그 너머에 있는 것
미처 내가 생각도 못했던 것들에 대한 깨우침이랄까
강물처럼 흐르는 바다가 있는 이곳에서
풍경 한 가닥 훑어내 속을 쓸어내고 있다

적당한 이야기

적당히 편한 휴일에
면사무소 근처 건물에서 경매가 열렸다.
적당한 경매사의 외침과
적당히 주위를 환기시키는 호루라기 소리와
적당히 적어내는 중매인의 노련한 계산과
그중 최고로 적당한 낙찰가격
그리고 적당히 만족하는 어부의 미소
다시 적당한 웅성거림과
적당한 설렘으로 진행되는 경매
적당한 만큼의 재미로 구경하는 나는
이중 가장 적당치 못한
있어도 그만 없어도 그만인 사람

우리 사는 세상이
적당한 사람과
조금 못미친 사람들이 어울려 산다면
더 적당해질 것만 같은 아침
구경삼아 서둘러 와서
적당히 깨닫고 있는데

찾아드는 적당한 허기

너와 나 사이

나는 늘 생각한다
너와 나 사이, 수평선이 없어
참 다행이구나
가도 가도
끝이 없는 길이었다면
나는 또 너는
슬픔의 막다른 골목에 주저앉아
그리움의 결을 헤이지나 않았을까
어느 고목의 나이테처럼 허물어졌을지도 모르고
그러다 애타던 밑둥지도 썩고
풍화된 사랑은 허무러진 나이테의 틈에 끼여
어느 물새처럼 옛이야기 속에서
부스러기 기억들을 쓸어 안고 있을지도 모를 일

얼마나 다행이니
너와 나 사이
그런 수평선 그어놓고 살지 않는다는 것이

아직은 좀 먼 듯 할지라도

완도의 하루

완도에서 살다보면
장작불로 타올라 잉걸불로 이글거리다 화롯불로
스며드는
그런 풍경도 있다
불같이 살고자도 했었다
화로처럼 나누고도 싶었다

한번도 불이 되지는 못했지만
그럼에도 타오르는 이 철없는 열정
불이 되고자 했던 나는 아직 진행형이다

뜨거웠던 하루여
모른 체 그냥 가지 마라

시골마을 버스정류소

낡고 눅눅한 오래 된 냄새가 눌어있는 정류소
아침나절 아랫동네 김노인네 굽은 허리 유모차에
의지해
꾸역꾸역 올라와 묻혀놓은 냄새도 아직 그대로
남았고
낙서할 아이들마저 없이
하루하루 나이만 들어
옆마을로 향한 이정표 길이만큼 짧아지는 여생
나무의자는 흰머리처럼 길게 늙어가는데
뉘집 이사가며 남겨둔 소파 한짝
유행을 몇 번이나 지나쳐왔을
유물같은 사람들이 디자인되어 있다
바람에 날라든 낙엽도 하루쯤은 쉬었다 가는
아무리 털어도 땟자국처럼 엉겨있는 어스름
지나는 버스 몇 대 있어도
손내밀어 흔드는 이 없이 다시 저녁을 맞는다
잠시 적적함 덜어내는 중에
이웃마을 방향 화살표는 자꾸 등떠미는데
문짝이 없어도 떠나지 못하는 풍경들

곁에서 이별을 품고 사는 사람들
그 사이 가득한 먹먹함

연필심을 다듬으며

가을 모퉁이에서 연필심을 다듬는다
너무 뾰족하지 않게
끝이 약간은 뭉툭한 느낌이 나도록

네가 담기도록 글을 쓰며
혹여나 날카로운 필선이 네 마음을 베지 않도록
그냥 무던히
잎진 나무기둥을 감싸안은 햇볕처럼
네 얼굴에 배시시 웃음 번지도록

내 마음 또한
네게 가는 내내
날이 서지 않도록
조금 뭉툭하게

완도는 지금 안개에 꾸물대던 지난 작업의 수고를 내려놓고, 항구가 바라뵈는 한 쪽에 배딴 생선을 널어 삐득삐득 소리나게 말리고 있다
그리움은 더이상 건조되지 않은 채 섬 저 쪽에서 흔들리는데… 이 습한 그리움의 경계를 넘어 바람의 향기를 채우고 있을 그와 함께 생선 몇 마리 말리고 싶다

6월의 완도

바다가 뭍으로 올라 삐득삐득 몸을 말리는 완도에서는

6월의 섬처럼 그리움이 체온을 높이고 있다

속 터지는데 말도 나오지 않는

완도, 애가 닳고

꽃눈

꽃눈 내린 날
누군가가 마음을 조금 덜어놓고 갔다
지나다 멈추어
그 반 뼘 위 쯤에 누군가의 이름을 쓴다
그러고나니
그 사람이 웃고 있다

달맞이 꽃

그래서 좋아하나 봅니다

가슴 속을 달구는 설렘
편집된 기억의 되풀이
마치 시간이 그이가 걸어오자 시작된 것처럼
그리움이란 것들도 싸그리
그이의 뒷 그림자에 매달린 것처럼

나는 그에게 자전하는 달인 것처럼

오늘같은 봄날

누군가에게 이름이 불린다는 건 은근 설레는 일입니다
그의 관심이 다가와 나를 흔드는 까닭입니다

명자, 오래 전 고향마을 윗집 누이 이름
수십년이 흐른 지금도
누이는 저 얼굴이었을 것 같은
오늘같은 봄날

그립다는 것은 어쩌면 누이 탓일지도 모를
오늘같은 봄날

꽃이 지나는 나를 붙잡았습니다
쳐다 보니 명자꽃이었습니다

꽃샘추위

매화, 네가 꽃망울일 때
나는 오자미같은 탄성을 꿰맸다
네가 입춘굿 하던 날 상쇠소리로 피어날 때 봄인 줄
알았다

봄은 그렇게 쉽게 오는 줄 알았다 얼마 후 금지된 탄성이 신문의 헤드라인으로 굵은 채찍을 휘둘러 다가오는 경칩의 발목을 후려칠 때, 봄은 마치 권력자의 특혜처럼 2월이 끝나는 구석에서 작은 빵쪼가리로 무릎꿇고 있어야 했다.

나무들의 의무는 여기서 시작되었다

봄의 운동회, 날아 오를 하늘을 수분시켜야 한다.
그것은 내일의 헤드라인이 윤전기를 돌아 칼이 되기 전
삼월 어디 쯤이나 사월 어디 쯤에서 오자미같은 추억을
꿰매야 하는 이유이기에 나무들이 꽃을 피운 연유를
따라야 한다, 우리는

달

달이 열렸다
달을 따다
내 안에 걸어두었다
가슴이 따뜻하다
사랑, 걸어둘만하다

비오는 날

차문을 열고
헤어진 그녀가 남기고 간
노란 우산을 들고
한참을 망설이던 남자가
그녀의 집 쪽으로 걸어간다

빗물 핑계삼아 슬쩍 눈을 돌리는 꽃들

쪽빛 하늘

저리도 하늘이 쪽빛으로 깊은 것은
뉘 집 누이의 가슴앓이 탓인지도 몰라
빨간 여름날을 말갛게 헹굴 요량인지도 모르지
심술처럼 괜스레 몽돌 하나 던지고 싶은 장난끼
퐁당 소리마저 헹궈져
투명한 가을의 맨바닥에 주저앉을 것만 같은데
그리운 사람아
물수제비마냥 통통이다
하늘 한 쪽 움켜쥐고 달라들 것만 같은 사람아
쪽빛 철철 흐르는 오늘
나는 그리움을 널어두고
채 짜지 못해 뚝뚝 떨어지는 하늘을 헤아린다
헤아리고 헤아려도 애가 타는 사람아
이 그리움 져갈 즈음
우리는 어느 계절의 복판에서
깃발처럼 염원을 기다리고 있을까
쪽빛 휘장 속
채집된 곤충처럼 꽂혀있는 나의 사람아

기다림 2

그리움은 너에게 가는 나의 동맥
기다림은 나에게 오는 너의 정맥이었다
네가 떠난 뒤
바람결마다 일렁이는 통증을 본다
노을 끝자락에 내걸린 바다처럼
네가 가고 난 뒤
매달아 두고 간 그리움을 어쩌지 못한 채
헛것과 실재의 중간쯤에
허수아비 몰골로 서있는 나는
그래도 얼마나 다행이더냐
나에게 너를 불러들이는 너의 흔적들
너를 통해 존재할 수 있는 그 세상
이 얼마나 다행스런 감옥이더냐
아직도 설레는 형벌을 받고 있는 나는
얼마나 다행스런 수인이더냐

목련꽃 그늘 아래서

와~따~ 환장빙나것구만이라…
저 썩을 목련 밑에 한번 서보더랑께요
퍽퍼~억 봉우리 터지는 소리에 마음 한 쪽도
푸욱푹 내려앉아 불더란께요
썩을 것들, 이미 잊혀져 뿐 줄 알았더만
사진기 후레쉬 터지듯 팍 살아나고 또 팍 달라들고…
그립다는 거 이러코롬 살아날지 정말 몰랐구만이라
뭔 빙한다고 마음 한 구석에 쳐박혀 소리 한번 안
내고 숨어있었으까~이
염빙도 병인양 헌께 이리 맘 씨리게 애리요야
와~따~ 필라면 쩌~어디 눈에 안 띠게나 피제,
뭔 빙인지 꼭 사람 댕기는 길쪽으로 필랍디여?
그라고 뭐한디 내 눈에 띠어 안 들어도 될 욕찌기
들을랍디여? 참말이제 욕허는 나도 죄스럽쏘야
근디 어짤 것이요, 나도 내가 뭣땀시 이란지를
모르것는디… 참말로 내가 빙인갑소야

큰개불알풀

너희가 피어나면
별빛 총총히 쏟아지는
야트막한 언덕을 향한다
아직 오지 않는 사람의 온기를, 너희가
가져온다는 미신에 대한 믿음
아직 문명에 복종하지 않는
철없는 사람에 대한 기다림
어쩌면 그가 앞세웠을지도 모를, 너희를
정월보름의 하늘인들
더 빛나지는 못하리라
봄 보다 먼저 와서
기다림을 위로하는 이여
너희 중 누군가 들고온 편지의 수취인은
어느 날엔가는 너희가 봄이어도 좋겠다고
아예 발싸심을 내려든다
얼마나 기다렸다고
아직 정월인데도 아우성치는 사람아

남천

가장 추운 날
가장 뜨겁게 달궈졌던
너를 기억한다
유월이면 기꺼이
짙은 초록의 그늘을 내어
머물렀던 시간의 파편들을
추스리곤 하지
떠나면 오지 못하는 것들
사유마저 무게를 이기지 못할 즈음
꽃이 문을 열고 방문객을 맞이한다
그 날처럼
번잡스럽진 않지만
너의 세상 안에서
단지 수수함에 이끌리는 날에

외로움에 대하여

나는 몰랐다
외로움은
사람에 대한 허기이며
사랑에 대한 먹성이란 걸
외로움의 망각은 욕망이었다
다 채울 것만 같던
결국 아무 것도 없는
스스로 버려진 외톨이라는 것도
그 욕망을 썩혀
씨앗 하나 뿌리는 게 외로움이다
부패 속에서 양분을 건져올리는 유기작용
싹을 틔우고 비로소 그리움을 피우는
속 저미는 촉매가 외로움이다
외로워진다는 건
나를 씻어줄 인연의 시작이고
그 길에 만남으로 펄럭이는 깃발이다

설경 속에서

그녀에게 말하고 싶었다
그녀
어쩌면 존재밖에 머물러 있는지도 모를
그림움의 원천인지도 모른다
곁에 있는데도
내 곁에는 없는 그녀
말하고 싶었다
아주 오래 전부터 준비해 두었던
시간은 직선 위를 벗어나지 못하고
그리움의 카오스에서는 의미를 잃는다
그것은 오직 질서의 아집
그 힘의 진행은 이미 바깥 일이다
혼동과 혼란
존재를 생산하려는 몸부림 속에
오직 선명한 것은 그리움이다
이제 때가 되었고
준비된 말을 하여야 한다
'내가 가는 그리움의 길은 당신이다'

인동초 1

어쩌면 나는 네 꽃말 속에 참여하는 게스트인지도 모른다 그런 주제이면서 늘 너의 말보다는 나의 말만 하게 된다 그러다 너의 꽃을 빼앗아 오기까지

내가 지나갈 때 넌 바람을 핑계로 돌아서서 스쳐가길 바랬으리라 그런데도 기어이 앞에 버티고 서서 네 마음과 상관없이 나의 웃음을 너의 어깨에 걸쳐 놓는다 한참 뒤에 '너는 참아내고 있었겠구나' 생각하는데 빼어 온 네 향기가 한발치 근처에서 쳐다보고 있다

인동초 2

그거 알아요?
때론 고통이
때론 그리움이
익어가다 터뜨리는 향기
사람이 사람에게
그대, 나에게
나, 그대에게

참았던 것들 터져버릴 것 같은

뱀딸기

가위 바위 보
눈썹 하나 뽑고 한 알 먹고
밍밍한 맛 또 먹기 싫어
손 마주잡고 한바퀴 꼬아 하늘길을 만들어 점을 치고
다시
가위 바위 보
지기만 하던 그 놀이
약이 바짝 올라 또
가위 바위 보

당신과도 가위 바위 보

두근두근

작년에 심어둔 장미덩쿨에서
참다참다 '퐙' 터지기 직전의
꽃봉오리가 입을 가린 채
바람을 견디고 있다.
한마디 말만 없어도 '푸확~' 터질 것만 같은..
누군가에겐 참기 힘든 웃음으로
누군가에겐 견뎌내기 힘든 그리움으로
터져라
피어라

5월 장미, 그리고 기다렸던 날
가까이 더 가까이..

봄을 대하는 태도

봄의 가슴팍인 들녘에서
늘 까불기만 했던 나는
어쩌면 이토록 외진 구석일까

그랬다
나는 오만했고
봄은 아무것도 모른 양 무심했다
봄은 공연기획자처럼
무대 위에 온갖 잡풀을 올렸고
나무들을 단장시켜 조명처럼 빛나게 하였다
나는 관심에서 제일 먼 쪽으로 밀려나
훼방꾼이나 아니기를 바라는
봄의 풀들과 나무들과 곤충이나 개구리 같은
작은 동물들의 눈총이나 받아내며
천덕꾸러기처럼 여기저기를 기웃거린다
봄이 박수를 받으며

4월과 5월의 소망을 망토처럼 걸치고

무대의 가운데를 행진을 하는 동안
이미 너절해진 오만을 벗어 펼쳐두고
몇 줄의 반성문을 써두어야 한다

풀이나 곤충들처럼
굳이 나서지 않아도 봄이 되는 그들처럼

새싹

봄이
온기 가득 배인 한 권의 책이라면
연두빛 보자기로 포장하여 그대의 주소를 써야겠다
그대 그 책 받아들고
한 장 한 장 넘기며
울렁이는 아지랑이로 피어나라고

비가 조금 더 오려는지 여전히 흐린 날
이 비 뒤따라 아지랑이 피어나기 전에
저 들판에 그리움 몇 광주리 뿌려놔야겠다
이 그리움 잔뜩 먹고 자란 아지랑이
그대, 등이라도 떠밀어 보라고

3월의 눈

눈이 내립니다
하얗게 날리다가 비처럼 떨어지는 3월의 눈
속에 온기가 가득한 탓이겠죠

사람도 그럴 테죠
온기 많은 사람은 늘 촉촉한가 봅니다

당신도 그랬으니까요

꽃

꽃은
가지의 끝
실핏줄이 끝나는 곳에
자리한다
가장 멀고 가장 여린 곳
그래서 가장 아린 곳
그 곳에 꽃은
집을 짓는다
너도 그랬지
아린 속살을 오래된 단층처럼 쌓으며
근육을 만들고 맷집을 키웠던 거야

너의 단단함이 왜 그리 아렸는지
꽃 피길래 알게 됐어, 비로소
네가 꽃이었다는 걸
내게 와서 울던 아이야

꽃전

봄꽃이 기별했길래
전을 붙인다, 그랬더니
꽃전으로 익는다

내가 그대를 찾아가면
혹여라도 꽃이 될 수 있을까
그대가 꽃전이 되어 웃어주지는 않을까
나 그대에게 다다르면, 그대같은 봄이
찌지지지직 동그랗게 익어줄지도 몰라
나 그대에게 다가서면
지글지글
그대 몸에 꽃으로 새겨질지도 몰라
그럴지도 모른다는 생각에
나는 피어오르고

저 봄에게 들키기라도 하면

놀림감이 되어 호되게 당하지나 않을까
그대 덩달아 웃어댈지도 모르는데

나는 피어오르고…

꽃망울

단지 보여주려던 것만은 아닐거야

참을 수 없을만큼 견디다가
슬쩍 속내 드러내 놓고
멋적어 살풋 웃고마는

아직도 여전히
좋아한다고 말할 때는
속이 빨갛게 물들고마는

단지 앞에 있다고 그런 것만은 아니야
이렇게 하염없이 물드는 것은

섬의 그리움

개밥바라기

어쩌면 오늘도
독경소리 한 알
떼구르르 굴러가다 서정마을 신작로를 지나
가차리 앞 어스름을 끌어다 덮고
뒷목을 괴고 있는 수차의 손아귀에
동자승 웃음같은 별빛으로 뜰 일이다
뺄 것도 없고
덧붙이면 군더더기가 되고 말
그런 별이 하나 떠도 좋겠다

가진 게 없는 걸 늘 자랑으로 늘어놓는
별 하나가 흔들리며 걸어온다
미처 하늘이 어둡기 전
색바랜 살림같은
처마 아래 소꾸리 속 삶아놓은 보리쌀 같기도 하고
아무 별도 찾아오지 않는 낮과 밤의 경계
허기진 저녁만 터덕거리며
한 쪽 발은 낮에 두고 한 쪽 발은 밤으로 가는
참 보잘것없이 하늘가에 선 사람들

위로 뿌연 먼지를 뒤십어쓰고
별이 하나 흔들리며 걸어온다
조개나 낙지처럼 가늘게 숨구멍 숨겨둔 채
아직 연결되지 않은 인연같은 것
미처 시가 되지 못한 것
찾아가다가 또 시를 읽는다
늘 시가 되지 못하는 나는
그래도 시가 있다는
믿음 하나만은 놓지 않는다
그래서 읽는다

봄, 낡은 것들에게

오늘 아침 문득 낡은 것들로부터 편지를 받는다
이별을 아쉬워하던 여자는 새로운 사랑계획표를
짠다고 하였다 단둘이 영화도 볼 거야, 여행도 할래,
사랑한다고 말하기와 꿈 속에서 만나기…
그녀에게 봄이 돋아나고 있다
삭정이처럼 푸석거리던 나뭇가지에도 새순이 배달
되었다 이제 배달부는 더 분주해지리라 그 분주함속에
나무는 열심히 그늘을 키워낼 게다 그늘은 닫힌 도서관
앞에 쪼그리고 앉아 시간의 기록을 번역하며
광합성의 서고를 리모델링하여야 한다
폐교의 닫힌 도서관에서 나는 한 권의 시집을 대출
하고 싶다 낡은 것들도 신간 곁에 꽂아놓고 고전의
냄새를 읽고 싶다 지나간 것들의 어깨를 털어주며…
오늘은 꼭 시어 하나 찾아 그녀의 계획표에 걸어주고
싶다

가을의 벚꽃

속창아지하고는…
지난 봄, 잎 틔울 허공을 쓸어내더니
본전 생각이더냐, 배아픈 시기더냐
그 잎 몰아내고 다시 들어앉았구나
사람이 저 모양인데
니들인들 온전하랴마는

그대 오는 길

꽃등으로 밝혀두는 그대오는 길
행여 어둔 길에서 낯을 찾을까
고갯마루 내달려 바닷가를 헤집으며
건너편 섬나루까지 쓸어두는 길
파도를 달래 바다를 고르고 나면
긁힌 살갗같은 빗자루 자국으로 햇살 드는 길
꽃잎처럼 그대 발자국 갖다 붙여
심근 어디에 화석으로 굳을
그대 오는 길
조급함만 길어 기~일~어
섬산 위로 목을 빼는
기-다-리-는 길

가을을 보내다

뺄밭 안쪽 귀퉁이 염전
퍼질러진 햇살을 퍼올리는 수차 밑에서
심장의 기억을 쓰윽쓱 문질러 닦아내는
바람, 한 세상의 주인이었던
그를 덜어낸 자리에서
배고픈 추억을 달래는 것
긁힌 자국을 거칠게 지나는 위궤양처럼
너는 있는데
나를 보니 네가 없는

시간의 뒷길
쓸리지 않는 낙엽처럼
덩그라니 나뒹구는 지난 것들

낙엽 속 잎맥 부러지는 날선 소리

그리고 찢긴 허공이 너절하게 걸렸다

자유

종종 같은 종족을 만나면 우리만의 소리를 격하게 지르고 싶다

나는 구석진 나뭇가지에서 연초록으로 태어나 탯줄을 자른 자리에다 뿌리를 키웠다 땅의 심장으로 연결된 동맥을 따라 삼투압으로 걸음을 배우고 초록의 시대에 반항하듯 나이테에 자상을 그으며 살았다

바람을 좇으며 소리를 익히고 종족의 숲을 알게 되던 날, 중력의 지배를 떠난 종족들은 별빛을 끄집어 내리는 노동에 신나 있었다

행어로프를 따라 별들과 조우하는 현수교가 숲 속에 여럿 걸리던 날, 케이블을 걸어둔 미리내에서 꿈틀대며 자유가 부화한다

법칙을 모르는 오리온 성운에서 태어난 별은 저만의 법칙으로 산다

자유는 그 곳에서 이주하여 왔다 우리 종족의 소리는 언어가 되지 못한 채 자유롭게 소리친다 그건 별을 어머니로 둔 종족의 생리일 뿐이다 우리의 자유가 격하다고 말하지 말라

행어로프 : 현수교의 케이블과 상판을 연결해 버티는 로프

가을이 마음을 다쳤다길래

조그만 우표를 붙인 아픈 마음이 우체국으로 간다
시집가는 딸을 바라보는 아비처럼 우표를 붙이고 나면
눈물이 맺힌다

그 흔하던 길가의 우체통들은 정년퇴임을 한참이나
앞두고 다들 정리해고 된 것일까 정류장을 잃은 편지는
계류장 같은 우체국에 와서 떠날 차를 기다린다 우두커니

낯선 도장에 눌린 아픈 마음이 인연의 저편으로 손을
젓는다 조금 후면 낙엽이 가르는 지름길로 고독이라는
빈 공간을 남길 것이다
가지 끝에서 뿌리의 발치까지 오늘은 무수히 길을
뚫고 처음으로 가장 안락한 방에 깃들 낙엽들에게
돌이켜 봐도 이렇게 편한 휴식은 없었다 엎어진 김에
쉬어간다든가 폭풍우 쏟아지는 여름 들판을 넘어
오느라 초록은 늘 날이 서 있었다

차라리 홍조 가득한 노을을 깊숙히 덮고 잠시 쉬어도
좋을 일이다 그동안 튕기면 타~앙 소리를 내질러

달궈진 시간을 무찌를 기세로 초대장도 없는 길을 내
달렸다

그 정도면 괜찮다 그래 충분하다 이제 단풍잎처럼
날아와 앉을 자격 충분한 거다

빈집

네가 나에게 들었을 때
바람도 옷을 털고 툇마루에 올라왔었지
문이 슬며시 여닫히고, 바람은
문 앞에서 강아지처럼 쪼그린 채
앞발 위에 턱을 괴고서
밤의 냉기를 막아내곤 했었어
네가 떠난 뒤
바람은 눅눅한 눈빛으로 방을 서성이다가
삐쩍마른 벽에 기대어 늙어가고
갈비뼈가 부러진 안방은 문마저 덜렁거리는데, 벌써
창 쪽은 낯선 바람들이 물어뜯고 있어
그러고 보니 네가 닫아 채운 자물쇠는
철문보다 튼튼하게 앙다물고 있구나
녹스는 문고리는 더 이상 누구의 손길도 없는데
불량끼 많은 낯선 바람들과 막되먹은 잡풀들이
으르렁거리며 겁주고 있는 속에서
사랑의 흔적들이 하나하나 뭉개져 흩어진다
조만간 그들마저 떠나고 나면
나는 네게서 완전히 무너지고 말 것인가

동백 -공즉시색-

오래된 절집 부처도
더 오래 전 곰보딱지 가득 박힌 나무였을지 모른다
어느 목공의 짜증섞인 울력을 기억한다면
온화한 미소는 얼마나 역설적인가
루이뷔똥 장지갑에서 허영이 열릴 때
부처는 좋았을까
또 주지는 얼만큼 좋았을까
시주객의 온화한 미소는
산문 밖 어디까지 따라나서다
산고양이처럼 사납게 길을 잃지는 않을까
존재하지 않으면 사라지지 못하고
사라진 후 생기는 부처의 윤회
루이뷔똥 장지갑을 따라나선 부처
그리고 그의 부재로 비어있는 집
동백이 뚝 떨어지고 난 자리에
가람 양식의 커다란 허공이 세워진다

괜시리 동백에게

염병할 동백은
심장의 옹벽이라도 무너뜨리고 기어 나왔는지
시뻘겋게 봄의 아랫목을 지져대는데
웃풍이 비명소리를 붙잡아
살얼음촉 끝으로 찍어대는
이방인의 적적함이여

동백 – 낙화 1

나는 군더더기 수북히 떨구어
낭자해진 삶의 허공을 떠받들고도
여전한 군더더기로 서있는데

넌 군더더기마저 없이
허공을 가르며 낙하하였다
아~ 그 붉은 결단이라니

동백 – 낙화 2

네가 떠나야 한다면
미처 주지 못한 미소를 서둘러 딸려 보내야겠다
그것마저 군더더기로
아쉬움이 될지도 모르니
그리고 널 위한 노래도 함께, 기도처럼
지금 보고 있을 너의 앞을
또 나에게 보여주는 너의 뒤를
어쩌면 원망이고
어쩌면 축복일지도 모를
너와 나의 간격
그 사이를 가로질러
동백이 툭 떨어졌다
그 떨어지던 길 어딘가에 온몸 그대로 매달려
망설이는 군더더기, 우두커니 서서
돌아보고, 또 돌아보고

우리가 무엇이었길래

또 하루

오늘도 하루를 먹었습니다
희망을 꿈꿔야 하는 시간을
주전부리처럼 먹었습니다
소화가 안 되는지
목구멍에 가시같은 게 돋고 헛기침이 나옵니다
영양가 없이 삶의 일부를 소비하는
헛심이 되지나 않았을까
내일이면 까먹고 말
또 하루를 먹어버렸습니다
삶의 끝이 한정되었음은 불변의 진리인데
그 끝을 모른다는 자만으로
그렇게 하루를 먹어버렸습니다

나는 내일도 꿈꾸고 있을까요

봄날 실개천

동자스님 예불소리가 녹아 봄날 개천은 흐르는 게지
그래서 또록또록 작은 소리로 흐르는 게야
죽비소리에 엉겹결 가부좌 틀고 앉아
겨우 익힌 몇 구절 중간중간 얼버무리며 흐르는
꼴이라니
나뭇가지에 걸려 졸졸거리며 흐르는 것 좀 봐
아직 눈꺼풀이 채 떨어지지 않는 거라니까

저러다가도
해탈교 밖으로 나서봐
촐촐대다가 나무등걸 툭툭 차대며 촐랑댈 테니
궁금하면 산문 밖 어디쯤에 기다려 보라니까

살아있는 짐승본능 어디 가겠어?

입춘 아침

사람마저 없는 어둔 길에서
찬바람을 맞다 따뜻한 곳에 들어섰을 때
부르르 추위를 털어내는 느낌
편하게 감싸주던 그 온기
비로소 평온해지는
오래 전 엄마 품 같은, 그 그리운 기억

나뭇가지를 감싸는 햇볕
새싹을 부르는 소리
그 날 엄마의 목소리
봄
어머니

3월에 피는 꽃

바라봅니다
어디에다 저런 빛깔을 간직했던 걸까

어쩌면 이기적인 사랑인지도 모릅니다
꽃을 피우는 것은
누군가를 홀려
나를 사랑하는 것일 테니까요

그렇다 해도
예쁘지 않은가요
자기를 사랑할 줄 아는 이의 미소
나를 사랑하기에
너를 뎁혀낼 수 있는 온기

꽃이 빛깔을 익혀내는 까닭
비로소 알 것 같은
나도 물드는 이유

동백

겨울 뒤끝이 쓸쓸하지 않은 까닭을 아는가

낙엽지는 들길에 홀로 서 본 사람은 안다
생기잃은 것들의 무너진 어깨가
바람에게 뜯기고 있는 것을

꽃잎 하나 떨구지 않고
쓸쓸함의 무게 그대로 뚝 떨어진다는 것

힘든 누구를 위해
모든 것 내어줄 수 있다면
그렇게 말할 수 있다면

누구 곁에서
마음 하나 남김없이 울어줄 수 있는가
마치 기억이 없던 것처럼
무게 하나 없이
뚝 떨어진 몸뚱이만 남을 수 있는가

다 꺼내주고
다 비워내고
비로소 가장 가벼워진
'내'가 될 수 있는가

겨울 뒤끝이 쓸쓸하지 않는 까닭은
온통 붉어진 동백 탓일 게다

여명

누가 새벽의 어스름을 들추는 것일까
살짜기 아침의 어깨를 흔드는 것은
그리움의 손짓인지도 몰라

그대여 흔들지 말아요
그대가 달구는 외로움이
오롯이 홀로 견뎌야 하는 형벌이라면

차라리

겨울 바람

겨울엔 바람을 걷어다 추리는 습관이 돋는다
삭은 쪽은 도려내고
결을 파고들어 검게 굳은 응어리는 파내고
먼지때에 절은 쪽은 탈탈 털어낸다
연이라도 날릴 양이면
짱짱허니 양 쪽으로 맞당겨 보기도 하고

너무 딱딱한 바람은 땔감으로 추려내고
추리기 애매한 것들은 따로 제쳐두고
이리저리 뒤적거리다 보면
손탄 바람이 몇 무더기로 나뉜다

아직도 미운 사람
응어리진 사람
애달픈 사람
미안하고 고마운 사람
마음 아리게 녹슬어가는 사람
못처럼 박혀있는 사람
못에 걸린 사진같은 사람

그 동안 내게 불어닥친 바람
한올한올 추려내다 보니
아웅다웅 할 것도 별로 없었는데
여전히 속을 훑고 있는 바람같은 사람들

꽃 피었다고

겨울꽃 피었다고
탄성 먼저 지르지 마라
꽃잎 하나 틔우기 위해
그 모진 바람 뎁혀 꽃물들인 수고로움
마른 껍질 트는 줄도 모르고
새벽한기 털어냈을
나뭇가지

그 속도 모르고
꽃잎만 이쁘다고 편애하지 마라

고마워서 슬픈

밥

밥은 언제나 하얗게 웃습니다
찰기없던 그 날의 보리밥도
겨울을 건너게 해주던 감재밥도
명절날 몇 번이나 훔쳐보던 오곡찰밥도
9년이 넘었던 정부미 부슬거리던 밥도

언제나 하얀 슬픔이 피어났습니다

엄매
한 때 봉긋했던 젖가슴
그 하얗던 젖
오랫동안 그 사랑 먹고 살았습니다
젖가슴 마를 때까지 먹고 살았습니다
하얗게 웃던 엄매
더이상 줄 게 없어
다 내어주던 젖을
오래도록 먹고 살았습니다

엄매는 하얀 밥이었습니다

홀씨

바람이 오는 방향으로 날개를 펴고
잠시나마
중력의 무게를 덜어내었을

세포 하나로 날아올라
또하나의 세상을 만들었을

홀씨 하나

사랑, 너는
어느 외로운 사람에게로
홀씨 하나 동봉하였더냐

바람

가벼워서 들을 건너고 산을 넘는단다
오늘은 텃밭에 들자
가슴은 이 작은 밭도 덮지 못하고
어느덧 발목 위를 채우고 있는
잔풀에도 시린 4월이다

형용사

이른 아침 텃밭농사로 얻은 고추 조금을 말리려 나섰
다. 아직도 풀벌레 소리에 풍경은 멈춰있는데,
늙은 농사꾼 몇몇 햇볕을 끌며 그 풍경을 흔들어댄다
자식농사 어느 정도 지어놓고 늘그막에 자식같은
농사로 마른 허벅지 넓이의 논둑을 걸어야 하는
이골난 농사꾼들.. 어쩌면 습관인지도 모른다.
골병든 통증을 잊기 위해 일부러 나선 길이기도 하겠다
한 광주리 고추 널어놓고 쳐다보고 있자니 농사꾼은
동사로 일을 하고 나는 형용사로 구경이다
그 동사와 형용사 사이에서 일찍 핀 꽃 하나에
나비 한 마리 들었다 동사들이 움직이고 있다 아침이다

텃밭

지나는 바람의 무리들이
달구지 한가득 4월을 실어 나르다가
길가에 듬성듬성 흘리고 간다
개울가에는 덥석 퍼부어놓기도 하고
어느 가난한 귀촌인의 밭둑에는 소복히 쌓아놓기도
하고

동편 햇살에 이끌려
질질 끌려나온 어설픈 농사꾼은
무턱대고 밭둑을 열어 4월의 물꼬를 튼다
- 욕심만큼의 가을이 열리기를 기다리겠지만 선불리
장담할 그 누구도 없다 오직 키득대는 바람이 일간지
가득 채운 활자마냥 일감 많은 작은 밭과 헤픈 괭이질
을 쓰다듬고 가지만 농부는 그 뜻을 아직 모른다
커다란 슬픔이란 것들이 흘러왔다 흘러가고 머무는
건 지난 4월을 누추하게 걸친 추억들이다 -
더 멀어지지도 않는
언제나 그 자리엔 지나간 4월이 있다

그는 늘 그 4월에 떠밀린다고 생각했다

가만히 보면

4월은 항상 그 자리였고

그는 늘 어깨 위 멍에를 잡고 있었다

텃밭에 이랑 몇 두덕 다지고서 금방 죽을 것 같다고 엄살을 부리며 밭언저리 들꽃들에게 빠져있다가 왕고들빼기, 민들레, 칡잎을 뜯고 텃밭주인 노릇하는 당귀, 치커리, 근대를 뜯어 쌈밥을 먹습니다.

제 나름 맛과 향을 자랑하는 풀들인데 이 중 당귀는 단연 카리스마를 내뿜습니다. 칡도 지 동네에선 한가닥한다는데 한쌈 속에서는 조금 기어드는 듯합니다. 왕고들빼기나 민들레는 여전히 수줍고 은근하네요. 근대나 치커리도 나름 맛을 뿜어보지만 이 중에선 싱거운 덩치일 뿐입니다.

남자로서 영 시원찮았는지 고기도 몇 점 올라왔네요.. ㅎ. 여기에 고추로 매운 맛을 추가하고 신선초와 마늘 장아치로 달작씁쓸한 맛을 가미합니다.

이제 야구중계보며 졸리기를 기다려 한잠 때린 후 이따만치 텃밭에 나가 고추 모종이나 꽂아두고 뒤뜰 모과나무 꽃바람이나 맞아야겠습니다.

시끄러운 세상에 늘상 분노하다가도 잠깐씩 허락되는 안빈낙도의 삶이 고맙고 기쁠 뿐입니다. 이와중에도 기득권층에겐 이런 맛이 허락되지 않길 소원합니다. 이 민초들의 맛을 지켜내기 위해서라도 더 맞서야겠습니다.

고향

어스름이 점점 배를 채우는 저녁
허기진 고독이 으르렁거리는 바닷가 슬레이트집으로
오랫동안 함께한 바람들
알루미늄 샷시의 휘어진 시간을 틈타
옆구리쪽 문을 밀쳐댄다
지난 가을부터 탈색되던 풀벌레 울음처럼
군데군데 원형탈모증을 앓는 달빛이
가슴 안쪽까지 실핏줄을 타고 들어와
오래된 액자인 양 걸리고
면에서 붙여준 주소딱지가 주름진 힘줄을 돋아
문기둥을 붙들고 있는 시골집
오가는 이 없이
휑한 바람만 누추하게 늙어간다
마을도 나이들면 낙엽을 떨구는 걸까
떨궈진 빈집들이 곡식 쌓아두던
마을회관 마당에도 쌓이고 있다
비워지는 만큼 채워지는 이 적막감

수국이 그려낸 풍경

모임에 갔다온 퇴물을 구워 막걸리 한 잔 따른다
그리고 아까 봤던 풍경을 안주로 펴놓는다
칸딘스키의 짝짝 갈려진 구성 모양 안으로
모딜리아니의 어깨를 드러낸 여인 같은 꽃
뒤뜰, 여러 해 전 사람의 발길이 끊긴 건물, 떠난
사람들의 추억들만 서성거린다.
칸딘스키와 모딜리아니, 그들이 훔쳐본 미래가
이랬을까
왜 미래는 추억만을 잉태하는가

오늘

아침햇살이 쏟아져 들어와 주인을 물들인다
낡은 살림도구들 홍조띤 표정으로 주인을 쳐다본다
너희들, 거기에 있었구나
그랬구나
우리가 이렇게 한 집안에 살고 있었구나

빨래를 널며

봄은 무엇일까
꽃이 피는 것
땅이 풀리는 것
겨울을 씻어내는 봄비가 오는 것
그것들 다 벗겨내고 나면
오롯이 봄만 남을까

너는 누구일까
곱디고운 얼굴
네가 가진 많은 것들
그런 것들 아무 소용없다고
그것들 다 걷어내고 나면
오롯이 네가 보일까

봄비 내리고 나면
먼지 씻겨진 봄을, 나는
또 봄의 속을 보았다 할까

너를 모르면서
너를 사랑하는 나는
무엇을 사랑하고 있는 것인가

나는
무엇 때문에
스스로 해부당해 널부러진 꽃들 앞에서
이렇게 애를 태우고 있는가

텃밭에서

괭이질로 봄을 부르다가
잔뜩 달궈진 그리움의 동면을 깨웁니다

아직도 움추린 햇볕 사이로
겨울나무의 그림자가
삭정이처럼 뚜둑 부러져 떨어집니다

깊은 밤
달은 취한 작부마냥
벌러덩 나자빠져 있었습니다
달빛마저 모두 잘려나간 채
마치 마지막 얼음조각처럼

우수가 지나고나면
늘 그랬더랬습니다
봄은 연초록 화냥끼에 절여져
텃밭을 겁탈하려 달라들었었죠

차라리 그랬으면 좋겠습니다
그렇게라도 와부렀으면 좋겠습니다
혁명 비스무리
세상 가득한 아지랑이로
그렇게 와부러도 좋겠습니다

이번에 오는 봄은
다리몽댕이라도 부러뜨려 놔야겠습니다
더 늙기 전에
그리운 이를 붙잡아 두려면
그렇게라도 해얄 것 같습니다

그랬으면
그렇게라도 붙잡을 수 있다면

봄처럼 늙어도 좋겠습니다

봄이 오는 쪽으로 걸어봅니다
봄은 길을 따라 오지 않는데도 말입니다
사람이 낸 길은 자연의 길과는 거꾸로 갑니다.
그래서 그런지 봄이 오면 사람은 그만큼 늙습니다
다음 봄이 오면 더 늙겠지요

잘 늙어야겠습니다
봄이 꽃을 데려오듯이
'잘 늙어야겠다' 다짐합니다
나이가 끌고가지 않도록
내 의지로 늙자
늙는만큼 두려움을 녹이고
더 자유로울 수 있게
놀아본 경험으로 더 즐겁게 살 수 있도록
잘 늙고 싶습니다
좀 덜 추하게
잘 늙어가고 싶습니다
늙는다는 것이 봄처럼 따스하면 좋겠습니다
욕을 피하지는 못하겠지만

선한 사람들에게는 듣지 말았으면 좋겠습니다
꽃피듯이 늙고 싶습니다
좋은 사람들과 웃고 놀며 늙어가고 싶습니다
좋은 봄날처럼 세상에 방해되지 않고
봄의 모퉁이에서
유명하지 않은 작은 꽃처럼 피었다 지듯이
그렇게 늙어도 참 좋겠습니다

눈이 쌓인다

눈이 온다
눈이 쌓인다

저 멀리서부터 도망치듯 흩어지는 경계
하늘과 산
나무와 집색깔
길과 밭
도덕과 사람
사람과 사람
그 사람의 욕심과 내 욕심의 경계까지

흩어진다

눈 위에서라도 잠시나마
욕심보다 설레는 것들이 있다
욕심이라는 경계의 말뚝이 박히기 전
너와 내가 나뉘기 이전의 것들

눈이 쌓이면
아주 오래 전
철없던 즐거움을 만난다
유인원 이전이었을지도 모를
경계의 안과 밖이 없는

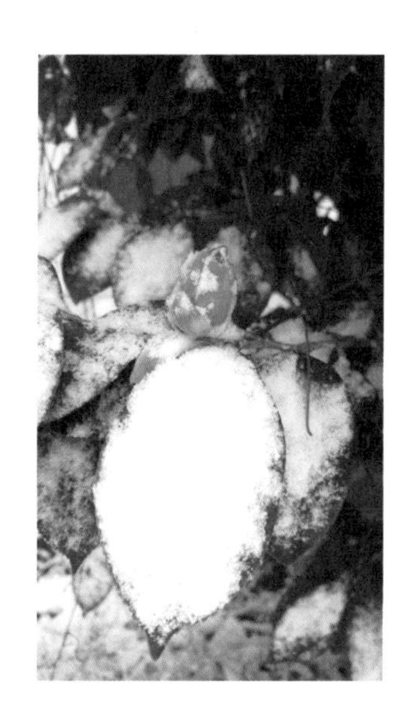

6월

유월이 데려온 바람은 모더니스트다. 얼핏 봐도
낭만과 쾌락이 철없이 베어나온다.

살구나무에게는 속살마저 노란 풋사랑으로 홀려
씽긋거리며 따라붙게 하더니, 보리수에게는 빨갛게
농익은 음탕함을 익혀낸다. 유월은 제 안에 머물지
않는 바람의 모던에 그저 애가 타는 날들이다.

덩달아 신이 난 사람 하나 개울가에 들더니 다슬기
한움큼 건져 바람 앞에 진상한다.

불목리에선 갈고댕기는 바람의 방종마저 어여쁘다.
나의 촌스런 모던도 그 바람에 익어 가오를 잡는다.
유월보다 먼저 이곳으로 이끈 그 바람, 그리고 촌사람
하나

쪽창

부엌 가스렌지 뒤편 안팎으로 내통하는 가스호스는
탯줄처럼 삶을 유통하고, 식용유병과 식초병 같은 것들
몇 개 올려진 선반같은 쪽창 난간이 달그락거리면
새벽이 폴짝폴짝 안을 훔쳐보다 감자라도 두어 개 씻어
밥통에 안치고 물 한 컵 부어 빨간불 들어오게 해놓을
즈음 해가 훈기를 빨갛게 토해내면 서둘러 쪽창 난간
싸악 치우고 창을 연다

발 동동거리며
기다릴수록 더디오는 것들
그래서 더 애뜻한 것이기도 하겠지만
그림처럼 내걸린 풍경 하나, 그리운 너처럼

빛을 탈이는 여수

나진의 아침

나진에서는 아침을 수줍게 맞는다
간밤 애타는 속을 달래다
엷은 미소로 팔 벌리는
온통 그대 뿐인 가막만을 앞에 두고
선뜻 내달릴 엄두가 나질 않아
몸은 둔 채 마음만 먼저 채근해댄다
지샌 밤 내내
눈을 붙이면 아침이려니 기다리고
사춘기 그 때처럼
생각하다가 웃고, 웃다가 서성이고
시간을 쳐다보는 것마저 망설이다
창문을 훔쳐보고 돌아누웠다 다시 보고
뒤늦은 사랑은 가을 함초보다 붉다.
간수 행세로 밖을 지키던 커튼을 관통하며
뜨물색으로 아침이 스며들 즈음
분주한 사랑은 허둥지둥
나진 앞에 겨우 배 한 척 띄운다.
발그레한 사랑을 슬쩍 내민다.

도깨비 시장

얼마 전 세워진 솟을 대문 안 쪽 골목 늙어가는 시장통,
주인 할매 굽은 허리 높이로 내려앉은 천장에서 옛날은
퇴적된 채 기어다니고 양각된 주름살처럼 얼기설기
내걸린 팔아야 할 것들과 그 속 가판 다라이 속에서
싱싱하다고 버둥거리는 푸성귀들과 뱃속 누렇게 까고
할매 머리칼처럼 뻗센, 숨겨졌어야 할 뼈 틈으로
말라가는 고등어 살빛보다 낡은 청춘은 어느 예전에
이문없이 다 팔아넘기고 간간히 찾아드는 또래들의
구김많은 웃음으로 위안을 삼는 곳
할매는 어쩌다 기어든 젊은 장사꾼에게 살가운
걱정거리로 반겨주다가 철모르는 홀로장사에 역정 섞인
넋두리 한껏 뿌려놓고는 “니도 웬간했으믄 여길 들었
겠냐?” 혀끝 몇 번 차주고 늙은 속내를 달랜다
운동화에 넥타이 차림 동사무소 공무원은 억지로
정비한 질서를 애원하지만 일사분란하던 사람들은 이미
닳고닳아 대충 눈치 보아주고 호박씨 까듯 실실 웃음
흘리다가 이내 낄낄 거린다. "염빙, 장사나 좀 됐으면
좋것구마는..." 틀니에서 흔들리는 사설조에
“그러니께...” 추임새가 들러붙고 뒷통수에 날파리처럼

달라붙는 탄식을 털며 오늘은 넉살도 귀찮은 공무원이
걸어간다 ‘그러게요…’ 속상함과 ‘왜, 나한테…’ 하는
짜증과 ‘에이~씨’ 누군가에게 날린 의기가 섞인

3색 4색 웃음을 지어내며…

오늘 따라 비는 내리고 들문 위로 아이 혓바닥처럼
내걸린 천막에 교회당 기도소리지 절집 염불소린지
두두둑 두두둑 갈 길 바쁜 손님들 발자국 소리를
채근한다

헌 시집을 사다

이 도시를 떠나야 하는데 시외버스정류소를 찾을 수
없다 대신에 어느 재벌가 마트는 시청 앞 이정표 보다
선명하게 길목 공간을 채우고 있다 동사무소의
마이크는 목소리를 잃었고, 옆 부잣집 큰 건물이 일러
주지 않는다면 구름이 지나가다 살짝 흘린 오줌발처럼
흔적으로 존재하는 풍경일지도 모른다
이미 무덤이 된 출판사 소생의 헌 시집을 곱절보다
비싸게 산다 여전히 씨앗처럼 옹송거리는 글자들이
시를 짓고 모여 살고 있는 떠나온 변두리 달동네 그리고
몰락한 출판사, 그래도 이 한 권의 헌집은 무너지지 않고
철거를 무찔렀나 보다 잘 길들여진 머슴같은 자판의
경작은 프로젝트를 수행하는 눈치 빠른 학자에게서
풍겨나오는 건조주의보 발령이다 어쩌면 가난한 시인은
시린 손을 호~ 불며 한 글자를 놓아 터를 다지고
한 글자를 쌓아 기둥을 세우고 지붕을 얹고 벽을 채워
이 집을 지었으리라 하여 나의 방문을 기다려준 헌
집에게 내 온기를 벗어 입힌다 다시 아궁이를 지피며
시간을 건너 철거에도 굳세게 버텨준 시어들과 함께
놀이가 되고 함께 전선이 되자고 내 어깨를 흔든다

다시 뜨거워지리라 아니, 꼭 그래야 한다

낙엽이 질 때

낙엽이 되는 동안 박제된 어느 짐승의 털처럼 윤기를
잃어가더니 흐르던 시간이 어느 시점(정해진 듯, 결의
하듯)에서 뚝 멈춘다 밥맛이 익어가던 굴뚝이 높은
하늘에서 쓰러져 떨어질 때 이미 져버린 낙엽에선
죽어있는 시간이 흐른다 지난 것들을 짓밟고 커다란
상록의 나무들이 정원을 차곡차곡 채울 무렵 그 높던
굴뚝 보다 더 높이 마천루의 욕망이 기어오르고
화려한 풍경으로 펼쳐지는 파괴들의 꿈(언젠가는 멈출,
지금도 멈춰져야 할)과 그 곳곳에서 미래의 걱정을
꺾어 말려두려는 낙엽은 시간의 화석이다
이력이 날듯도 한데, 낙엽은 기어이 저항까지 끌고
들어가 통째로 화석이 되고야 만다

산사의 경건이 햇살처럼 녹아나는 조계산은
가을옷을 벗고 있었다 언뜻언뜻 속살을 드러내는
계절의 시루스룩이 애꿎은 속을 흔든다 오늘은 그
속에서 함께 흔들리기로 한다 보드랍게 흔들리는
실루엣이 흐릿하다 더불어 혼미한 아직 남아있는
청춘이 불끈한다 가을을 벗고나면 낙엽처럼 그를

놓아줄 수 있을까 나뭇가지는 낙엽처럼 시간도
놓아줄까 저 깊은 무욕의 선암사는 인연마저
내려놓을 수 있을까 가을이 설픈 중처럼 좌선의
끝에서 고뇌한다

고목처럼 살면 되는 거다

속절은 아픔 하나씩 간직하기에 그 무게로 버티는
거다 쓰러져 보지 않고 어떻게 일어나겠어? 쓰러질 때
물팍도 깨져 보고, 코피도 터져 보고, 눈가에 시퍼렇게
멍도 들어본 이들은 다 살게 되어 있는 거다
돌부리에 걸려 넘어졌다고? 벼락치는 날 기둥가지
부러졌다고? 그렇게 넘어지는 게 무섭다고?
가지 꺾이는 게 두렵다고? 다시 일어설 줄 알면 되는
거다 그까짓 거 털어버리면 되는 거다 다시 움트도록
숨을 쉬면 되는 거다
잘 생각해 봐 비오는 여름 날 빗방울 피해 요리조리
숨어들다가 발목이 젖고 셔츠에 빗물이 엉겨 붙으면
"에라!" 하는 심정으로 온몸으로 비를 받아들이지
그리고는 한가운데로 첨벙첨벙 걸어 나가지 거칠 게
없지 아파본 사람은 아픔을 아는 거다 넘어져 본
사람이 일어설 줄 아는 거다 하여 백 년 천 년 새순
내는 나무로 사는 거다

9월의 여수

촤아악 촤악
거문도 어귀에서 무료한 등대가
바다의 각질을 쓸고 나면, 돌산대교 앞에서
만남과 헤어짐이 난간을 붙들고 서 있다.
이 무렵 율촌 앵무산 아래에선
정찰병같은 가을이 멍석 위에 고추처럼 널린다.
어부는 그물로 바다를 길어 올리고
아직 남아있는 빨간 우체통에
빈 봉투 같은 9월이 배달된다.
금오도 선착장에 지난 계절이 표를 사서 기다리고
가을은 경도에 찾아든 외지손님처럼 아직은 멋쩍다.
그들도 설레게 출발하였으리라
아직은 햇볕이 밝은 남쪽이 익숙하지 않을 뿐
올해 유달리 서두는 9월의 가을과
지난 정을 놓아주지 못하는 가막만에서
집을 치우지도 못한 채
손님을 맞는 난처한 주인처럼
여수는 설픈 몸짓으로 분주하다.
억새가 산을 넘는다

봄하늘

속이 터진다
홧병으로 침잠하던 차운 속이
인내하고 인내하던 식은 사랑이
턱턱 터져 나온다
뱉어낼 건 뱉어내고
빈 속 채울 사랑 하나
오직 그 하나를 위해
봄은 서둘러 속을 터뜨린다
저 몹쓸 꽃, 채워지지 않는 하늘
속이 터진다

억새를 붙잡으며

물결의 등을 타고
바람보다 앞서 산을 넘는다.
허리춤 부여잡는 초록, 이미 빛바랜 시절
너 아니면 못 산다던 낡은 맹세를 접고
너 땜에 못 살겠단 욕망의 새길
9월, 계절의 능선을 넘어
허우적허우적
억새가 산을 넘는다, 타오르는 저녁노을 속으로
억새는 스스로 그림자가 되더니
질질 끌고 들어가 어둠이 된다.
바람은 비어버린 허공 벽 한가운데
물결무늬로 박제된 소리가 되어 걸리고
그 결을 고정한 못질 곁에
고갈된 청춘은
오래 전 꽂아둔 허수아비처럼 너덜거린다.
가을은 이미 색과 색의 경계를 지우며 떠날 채비를
하는데
아직 오지 않는
그래도 와야 하는 희망 같은

나는 가버린 억새의 뒤를 지킨다
너를 기다리며
늙은 허수아비처럼

환절기

베란다에서 뒤집혀 벗겨진 속옷과 양말 짝
들어앉은 한기를 속으로 받아내는 새벽녘에
철철이 찾아드는 고뿔에 콜록이는 가을에게서, 나는
읽지 못한 책의 먼지 같은 여름을 추억한다.
"벌써?"라는 물음에게
씁쓸해하더라도 지난 계절과의 이별을 통보한다.
이제라도 늦은 쟁기질에 빠진 농부는
저 아랫밭에 씨앗 몇 개 살짝 덮어놓는다.
혹여 배고픈 새가 뒤져가더라도
살점으로 자랄 것을 의심치 않는 양보를
가는 계절에게 내어준 선물이라 여기며
쟁기의 뒤를 좇아가는 나는
또 네게 빠져든다, 이 환각 같은 계절의 문 앞
새로운 무엇을 탐할 땐
언제나 발가벗겨진 고뿔이 질펀하다.
그리고 나타나는 이 허름한 차림새
늘 그렇고 그런

손편지를 쓰고 싶습니다

누군가 애리도록 그리울 때 손편지를 쓰고 싶습니다
예쁜 그림이 그려진 엷은 분홍색 바탕에 연필심을
돋우어 조금은 빠른 글씨로 쓰다가 다시 처음으로
돌아가 읽어보고 중간 단어에서 몇 번 갸우뚱 해보고
순간 스치는 단어로 바꾸기도 하면서… 몇 번은
망설이기도 하고 뭔가 아니다 싶으면 한두번 더 읽어
보다가 통째로 지우기도 하며 짧지만 오래도록 편지를
쓰고 싶습니다 그러는 동안 그 누군가 곁에 온 듯
이름을 불러보고 남사스러워 웃음도 흘려보면서
저녁바다보다 붉게 온몸을 물들이고 싶습니다
때론 간절하게 살아 그 시간마저 내 살 안에 깊이
들어앉길 바라는 게 그리움이라 여깁니다. 그렇게
살이 아리고 속이 찌리리 저릴 때 그가 내게 사무치는
사람이구나 하여 애틋함이 자리하게 되나 봅니다
그의 무엇이라도 내 안에 똬리를 틀고 내 안에 그가
살아있으면 슬픈 사랑일지라도 나는 겨워하렵니다
내게 넘쳐나는 그, 그가 가을 안으로 깊숙히 걸어옵니다
나는 환장할 것만 같습니다 잠시 가슴을 다독이게
편지를 멈추어야겠습니다 그가 똬리 하나 틀도록…

바람이 심한 날, 나뭇가지

쉬이획 쉬이획
나뭇가지들이 어지럽다

어떻게 저럴수가
앞가지가 쓰러진 만큼 뒷가지는 따라가다
부딪치기 전에 멈추고
옆가지도 그 옆가지에게
아픔이 되기 전에 멈춘다
이 난리에서 조차
뒷가지는 앞가지를
옆가지는 그 옆가지에게
바람의 채찍을 전하지 않는다
그렇게 버티고 버티다
앞가지는 뒤를 살펴보고
뒷가지는 빈 틈을 찾아, 결국
부러진다는 것을 알았다
홀로 쓰러진다는 것을 알았다
저 많은 가지들이 비바람 뒤에 또
그 간격대로 남는다는 것을

그렇게라도 덜 아프게 산다는 것을

저녁 새에게 부침

하늘에 길이 뚫린다.
낮이 지나가는 길, 뒤로
강도 저물고
산도 저물고
하잘 것 없는 사람들도 저무는 시간에
새들이 허공을 관통하며 느슨한 햇살을 거둔다
하늘은 빛이 밀봉된 길들을
도마뱀 꼬리처럼 잘라
어느 나무 아래, 어느 물가에 부려두고
파르스름한 어둠을 불러
노을 위에 좌정시킨 채 번잡한 일과를 털어댄다
낮이 떨군 각질 같은 꽃잎들이 별빛을 좇아
얇은 바람 속으로 휘적휘적 걸어가고
그 위로 싯돌처럼 까끌거리는 하늘이
여기저기서 눈을 치뜬다
집 앞에 다다르지 못했는데, 어둠은 빛을 쓸어 담고
밤은 성깔 사나운 부랑자처럼 앞을 막아선다
찢겨진 깃발처럼 너덜거리는 날개로
그래도 가야만 하는 관성의 일상

신앙 같은 간절함 속에 기생하는 일상이여

썰물

네가 떠난 후
텅 비어버린 허공을 보았다
네가 떠난 후
점액으로 묻어있는 흔적들에서
요란스레 상실의 응어리들이 기어나왔다
네가 떠난 후
뜻하지 않게 내 밑바닥을 보고서
관계의 끝에 남루하게 펄럭이는 시간들과
만남은 헤어짐의 다른 말이라는
슬픔의 예언을 관통하고 있다

퇴적된 슬픔이
네가 떠난 뒤 옷을 벗는다
나는 한번도 너를 벗기지 못하였음을
비로소 보인다
미처 떠나지 못하고 고여 있는 작은 물 같은
네 안에 손바닥만하게 움츠리고 있었던 것을
이제야 본다
네가 얼드려 안고 있었던 것을

기다림

기다린다는 건
바다에 영혼을 저당잡힌 채
허파 벽에 가득 묻어있는 그를 긁어내는 일이다
몸살난 꽃들은 봄길을 부여잡아 끌고
유폐된 사랑은
용궁 어디에서 길을 잃었나 보다.
하늘을 베어물다가 끼룩거리는 새들은
파도에 휩쓸린 추억을 포기하고 떠나간다
그리움만 기억의 끝을 붙잡고
기다림의 갈증을 덜어내려 몸부림친다
오늘 바다는
이 몸부림마저 외면한 채 멀리서 뒤돌아 간다

희망도 쉴 수 있어

조금 흔들라면 어때?
희망도 때론 지칠 수 있는 게지
앞만 보고 달리다 돌부리에 걸리기라도 하거든
조금 쉬면서 바램 보다 한참 뒤에
헐떡거리는 나를 한번 쳐다보는 거야
흔들리지 않으면
나를 볼 틈마저 잊을 수도 있거든
때때로 핑계거리 찾아서 잠시 멈춰보기도 해봐
뒤도 한번쯤 돌아보고
끈 풀린 운동화도 매만지고
뭐 빠뜨리고 가는 건 없는지
혹시 웃는 얼굴로 희망을 대하는지
...나에게...
흔들린다고
이래선 안 된다고
갈 길만 멀다고
힘든 다리 책망으로 슬퍼말고
짐 잠시 내려두고 등바람 좀 쏘이게
흔들릴 땐 쉬었다 가보는 거야

사이

하늘과 바다 사이
지워진 경계
생명과 생명 사이
사람과 사람 사이
그리고 너와 나 사이
선 하나 건너기 위해
선 하나 지우기 위해
이리 애를 태우는구나.

겨울 별빛

때로는 말하지 말아야 할 때가 있다
풀잎이 언 땅 아래서 기다리듯이
바램을 채우려면 참아야 할 때도 있다

격언같은 소리를 늘어놓고
마른 들길로 찾아온 사랑을 달랜다
망설임은 자꾸만 방문을 잡아당기고
이미 달아난 별 하나
난간 위로 차고 올랐다
.........구름이 흔들거렸고, 별빛들은 허공 가운데서 얼어버렸다..........

혹여 버거울까, 쪼개고 쪼갠 마음으로
너를 관통하는 바람이고 싶다
잠시 흔들려 떨어진 깃털처럼 드러내다가, 다시
포르릉 날아 새침을 떨다가, 다시
거미줄을 흔드는 바람이고 싶다

지금이 말하지 말아야 할 때라면
뿌리란 뿌리 잔뜩 끌어안고 쪼그린 언 땅이고 싶다
겨울비라도 기다리며
허기진 맨발을 내밀어
그 동안 설렘으로 문고리를 만들고
오랫동안 닫혀있는 네 방문을 찾는다
그렇게라도 버티고 싶은 까닭이다

고향풍경

오랫동안 기다린 건 무엇이었을까
아직도 대롱대롱 지붕을 매달고 뒷곁의 이끼가
뿜어주는 바람으로 속을 채워 쓸쓸한 굶주림을 버티고
있는, 올라오던 길에 기억을 더듬다가 겨우 아는 체하던
아짐 만큼이나 주름진 우리집을 찾는다 그날 장독대가
앉았던 자리엔 오래 전 시간들이 탈색된 채 고스란히
내걸려 서성이는 옛주인을 붙잡는다 어린 날 한창
분단장하던 아낙들의 늙어가는 어깨만큼이나 고단하게
내려앉은 그 날 우리집은 고드름도 버거워 졸린 눈꺼풀
처럼 처마가 감기고 윗집 어르신 깔딱이는 기침에도
이골난 듯 한쪽으로 기울어 있다 이 와중에 아랫집
형님은 환갑을 넘겨서도 청년으로 산다 얼마 후일까?
그가 떠난 고향을 상상하는 것은 슬프다 시래기 널대
위 제비집 깊숙히 부화되지 못한 시간들이 와르르
쏟아지고 딱딱하게 굳은 추억들이 무릎을 세우지
못한 채 뚜둑뚜둑 비틀거린다 가는 집집마다 하얗게
백발이 쌓였다

오동도에서

동백꽃 짙어질 때, 오동도에서
춘정을 품지 않고 거닐다 가면
여행은 본전 생각날 헛일이겠다
혹 곁에 가던 그이가
은밀한 손을 스치지 않거든
쑥스러움 속이고서
먼저라도 팔짱을 껴 보아라
봄마저 우울증을 앓는 것은 죄짓는 일
동백꽃 밑에서는 그저 사랑하라,
어쩌다간 시인처럼 깊이 빠지고
화폭 속 여인처럼 농염해도 좋겠다
한번쯤 붉게 피어난다고
무어 그리 따질 일인가?
마음이 움직인다면
하늘빛 받아 바다가 되어도 좋을 일이다
오동도에선

웅천에서

창은 그대로 벽에 걸린 액자다
끝도 없이 깊은 데서 길어 올린 풍경을 액자인양
걸어놓는다
벗과 앉아 노닥거리다 창 밖, 아니 그 창 안으로
나를 밀어 넣는다
그 창 안에 새로 들어온 연인들의 눈웃음과 어느
꼬마들의 떠들썩한 날뜀과 어떤 이의 산책과 쓸쓸한
서성임과 그들을 해석해내는 벗의 의미없는 추측이
햇살 속에 모자이크처럼 굳어가는 오후
사람들과 바다와 나무와 새들이 각자의 세상을
어제처럼 본뜨고 있다

바다가 우려낸 작은 풍경들

초판 1쇄 2018년 1월 5일 발행

지은이 | 김성률
펴낸이 | 유덕열

기획 및 편집 | 유덕열, 박세희

펴낸곳 | 한결하늘
출판등록 | 제2015-000012호
주소 | 경기도 안산시 단원구 선삼로4길 11 (101호)
전화 | (031) 8044-2869 **팩스** | (031) 8084-2860
이메일 | ydyull@hanmail.net

ISBN 979-11-88342-04-4

잘못 만들어진 책은 바꾸어 드립니다.
값은 뒤표지에 있습니다.

이 도서의 국립중앙도서관 출판예정도서목록(CIP)은 서지정보유통지원시스템 홈페이지(http://seoji.nl.go.kr)와 국가자료공동목록시스템(http://www.nl.go.kr/kolisnet)에서 이용하실 수 있습니다.(CIP제어번호: CIP2018000028)